KB193227

신정자 시인은 원래 그림을 그렸다. 국제작은작품미술제에서 두 번이나 특선을 했고, 전통미술대전에서도 우수상을 받은 화가였다. 그런데 갑자기 글을 쓰겠다고 했다. 그림 솜씨가 아깝지만, 나로서는 새로운 글 벗이 생겼으니 참 기뻤다. 글을 처음 써본다는데도 여러 장르의 글을 고루 잘 써냈다. 그러다가 시조에 몰두했다. 시조는 우리 고유의 신라 향가와 고려의 별곡 등이 우리의 생활감정과 민족 정서를 전통 방식대로 읊어온 문학 형식에 뿌리한 민족 문학이다. 그래서 시조는 나이가 들어 생활 경험이 많고 사회 경륜이 깊은 사람들의 취향에 맞는다. 늙은 말의 지혜老馬之智란 고사성어가 있다.

신정자 글과 그림이 있는 시조집

나를 치유한 아이들

대양미디어

그림과 시조의 자랑스런 시화집

김 종 상

한국문협, 국제PEN, 현대시협 고문

신정자 시인은 원래 그림을 그렸다. 국제작은작품미술제에서 두 번이나 특선을 했고, 전통미술대전에서도 우수상을 받은 화가였다. 그런데 갑자기 글을 쓰겠다고 했다. 그림 솜씨가 아깝지만, 나로서는 새로운 글 벗이 생겼으니 참 기뻤다. 글을 처음 써본다는데도 여러 장르의 글을 고루 잘 써냈다. 그러다가 시조에 몰두했다. 시조는 우리 고유의 신라 향가와 고려의 별곡 등이 우리의 생활감정과 민족 정서를 전통 방식대로 읊어온 문학 형식에 뿌리한 민족 문학이다. 그래서 시조는 나이가 들어 생활 경험이 많고 사회 경륜이 깊은 사람들의 취향에 맞는다.

늙은 말의 지혜老馬之智란 고사성어가 있다. 춘추시대 제나라 환공이 고죽국을 쳐들어갔다가 겨울이 되자 의식이 떨어져 철수를 결정했다. 그런데 낯선 땅에서 눈보라에 휩싸여 길을 잃고 참패하게 되었다. 이때 재상 관중이 늙은 말의 지혜를

빌리자며 노마를 앞세웠다. 노마는 오랜 경험으로 앞도 안 보이는 눈보라 속을 서슴없이 걸어갔다. 병사들은 그 뒤를 따라 모두 무사히 귀환할 수 있었다는 것이다. 80 고령의 신정자 시인은 예술적 재능이며 사회 경륜도 다양하여 자연스럽게 노마지지老馬之智로 그림과 글로 모범을 보였다. 글의 내용에서도 앞을 가리는 눈보라 속에서도 우리가 갈 길을 안내하고 있는 것이다. '양반들 당파싸움 눈멀고 귀가 막혀/ 통째로 나라 뺏겨 원통하고 분하여라/ 긴 세월 삼십오 년간 울음조차 삼켰으니'는 「양주의 함성」 일부이다. 이런 사나운 눈보라 속에서도 앞길을 모르는 우리네 지도자들에게 노마지지老馬之智를 보여주길 소망하고 있다.

> 높은 분 양반네들 당파싸움 눈멀어
> 곳곳에 승냥이들 호시탐탐 미처 몰라
> 온 백성 먹구름으로 가슴 치며 통곡했네.
> ─「삼일절」 첫째 연

　우리의 현실을 돌아보면 눈보라 속을 헤쳐 나아갈 앞길이 암담하다. '높은 분 양반네들 당파싸움 눈멀어' 나라와 백성을 위한다는 국회란 것이 서로 상대방을 비방해서 죽이던 조선 시대의 사색당파와 조금도 다를 바가 없다. '곳곳에 호시탐탐 노리는' 승냥이들의 먹이가 되지 않으려고 '온 백성 먹구름으로 가슴 치며 통곡했네.'라고 했다. 모두가 공감하는 일이다. 지금이라도 삼일정신으로 살아가야 하는데 현실은 암담하기만 하다.

 '삶'이란 인생을 세월이란 가마솥에 넣어 '삶는 일', 즉 '끓이는 것'이라고 했던가. 그래서 오래도록 '고아야' 제맛이 난다. 아무리 좋은 세상을 만나도 '삶'이란 산전수전을 다 겪게 되는 고행의 길이다. 그래야 인생을 안다고 한다.

> 별의별 사람 속을 헤매고 살았건만
> 내 옆에 자식조차 남들처럼 낯설기만
> 긴 여정 끝자락 말미 종착역이 보이는 듯.
> – 「만시조」 둘째 연

 「만시조」는 늦게 쓴 시조라는 조어이다. 나이가 들어 지난날들을 돌아보는 회고의 정이 가슴을 저리게 한다. '별의별 사람 속을 헤매고' 살아왔다는 것은 별의별 조국의 아픈 역사를 겪어왔다는 중의적 표현이다. 악랄한 일제의 수탈과 6·25의 동족상잔, 좌우 이념대립으로 인해 이웃이 등을 돌리고 상호 살육을 하는 부끄러운 세월을 살아온 세대이다. 그런데도 지금 나라를 걱정해야 할 양반네들은 백성은 먹구름 속에서 가슴 치며 통곡해도 남과 북, 좌와 우가 서로 너 죽고 나만 살자 하니, 노마지지老馬之智를 보여줘야 할 지도자들의 꼴을 보면 이런 추태가 세상에 또 어디에 있을까. 그런 가운데서도 구순을 눈앞에 두고 돌아보니 그래도 소신껏 살아왔다는 생각이 든다고 했다.

좋은 세상 만나서 구순을 바라보며

산전수전 겪어가며 온갖 고생 다 했지만

지나고 생각해 보니 소신껏 살았네요.

－「병원놀이 숫자놀이」 셋째 연

　이 시화집에는 「독도」, 「양주의 함성」 등 읽으면 울분을 토하게 될 애국 시가 많다. 모두가 공감이 가는 내용들이다. 화가로서의 빼어난 그림과 시인으로서의 훌륭한 시조를 조화롭게 꾸민 아주 특별한 시화집이라, 많은 독자의 사랑을 받을 것을 확신하며, 신정자 시신의 더욱 큰 영광을 기원한다.

시인의 말

새털 같은, 굴곡진 세월을
헤치고 걸어온 지난한 길이었다.

부끄럽지만
때로는 화가로, 때로는 시조시인으로
싹을 틔워 꽃으로 피워냈다.

팔십, 길목에 들어서서
뒤안길을 돌아보며
8년 동안 그린 그림을
시조에 얹어 엮어냈다.

'그림이 있는 시조집'이
누군가의 가슴속에서 쉴 수 있는
쉼터가 되었으면 하는 바램이다.

그림의 길로 이끌어주신 김순이 화백님과
문학의 길로 이끌어주신 김종상 선생님,
가산문학회 홍재숙 회장님과 문우들께도
깊은 감사를 드린다.

언제나 부족하게 키워도
사회에 단단하게 뿌리를 내려준
아들, 딸에게도 고마움을 전한다.

지은이 신정자

차 례

 제1부 **사과 같은 사랑**

제2부 욕심 많은 해바라기

제3부 첫사랑

제4부 **독백**

제5부 통일의 노래

제1부

사과 같은 사랑

어머니

죽었다 살아온 딸 혹여나 잘못될까
평생을 근심하며 목숨만 오매불망
당신 몸 부서져 가며 평생토록 보살폈네

고맙다 말 못 한 불효한 자식이라
뒤돌아 생각하니 한없이 괘씸한 몸
이제야 부모 되어서 그 심정을 알았으나

먼 곳에 가신 부모 어떻게 봉양할까
한심한 자식이라 가슴을 두드려도
부모님 만날 길 없어 후회한들 어찌하리

신 씨 조상

신가 피 이어받아 조금은 재주 있나
너무도 무심하게 보낸 세월 아쉬워
이제야 서둘러본들 무엇이 달라질까

올곧고 총명하신 가문의 영광이요
여인의 모범이고 모든 이 희망이여
오늘의 부끄러운 세태 노여움 어쩌나

뒤늦게 칭송하는 마음을 살펴보셔
어머니 어진 마음 높은 재주 후손에게
어설피 펴낸 재주를 영글게 도우소서

사과 같은 사랑

새빨간 사과처럼 연분홍 마음으로
연애하고 사랑하며 행복하게 결혼했네
꿈인가 비몽사몽 간 신혼은 어디 가고

등짐만 하나둘 힘겹게 늘어나고
날마다 헤매며 허리가 휘청했네
누군가 한마디 귀띔 속삭여 주었으면

남들도 그리 사나 투정과 원망으로
한두 고비 넘으면서 수많은 후회 속에
지치고 비틀거리며 힘겹게 살아왔네

커피 한 잔

펑펑 눈 내리는 날 쌍둥이 소나무 밑
그대와 따끈한 커피 한 잔 낭만이었네
언젠가 아련한 기억 가슴속에 아롱거려

민들레 일편단심 지나친 집착인걸
살대고 살 때는 미처 몰라 후회했네
이별 후 곰 씹어보니 오직 나만 사랑했네

고맙다 말은커녕 거짓말도 못 했을까
사랑해 한마디도 못 한 바보 또 있을까
53년 긴 세월 섬긴 희생이 허사구나

애증

때로는 미운 마음 싫기도 하였지만
가끔은 그리워서 눈물이 나네요
수십 년 부대끼면서 비로소 살만한데

못다 한 아쉬운 정 나 홀로 어찌하나
미련도 없는 듯이 홀연히 떠났을까
여보야 부르는 소리 귀가에 맴을 도네

오십 년 넘게 살고 속속들이 알고서도
일면도 없는 양 마음 닫고 살았으니
서럽다 우리 둘이 어디서 만나보나

여인아

수평선 너머로 안타깝게 떠난 사람
목놓아 불러봐도 돌아오지 않는데
잊으며 남들과 함께 이렁저렁 살아가요

달라진 운명일랑 후회 말고 행복하게
아무렴 알뜰살뜰 잘살아 보시구려
한쪽 눈 감고 살다 보면 좋은 날도 오지 않겠소

그리운 시절

핸섬한 총각과 날씬한 아가씨
빨간 구두 빨간 양산 즐겁게 같이 쓰고
한 쌍의 그림 같은 연인 팔짱 끼고 걸어가네

한 트럭 군인들이 휘파람과 환호를
그들은 얼마나 갖고 싶은 그림일까
우리도 꿈같은 시절 추억이 있었구나

영화 필름 돌려보듯 지난 추억 그리워
아득한 옛날을 회상하니 꿈인가
흘러간 옛날들이여 연분홍 로맨스였네

인연 2

어쩌다 만난 사람 사랑인가 설레더니
진심이 의심스러워 속마음 열지 못해
혹시나 마음 상할까 이별 소리 못하겠네

설마에 깊은 마음 품었을 리 없건마는
미련이 남았는가 손짓을 왜 하는가
세상에 많은 사람 중 하필이면 나일까

차라리 장난이면 한번 웃고 말 일인데
속 털어 말을 못 해 톡만 보면 고민일세
오늘은 잊어달라고 한번은 말해야지

내 남편

솔밭에서 다정하게 속삭이던 사랑아
영원을 따다 줄 듯 듬직했던 여보야
지금은 어디 가고는 나 혼자 울게 하나

첫 단추 잘못 채워 울고불고 넘던 세월
수많은 사연 두고 홀연히 혼자 갔네
맺힌 맘 달래놓고서 갈 것이지 무심하니

후회와 미련으로 밤새워 뒤척여도
꿈에라도 미안하다 말 한마디 없구려
긴 세월 서글픈 마음 무엇으로 달래리까

짝꿍

내 반쪽 어디 갔나 한평생 긴긴 세월
평생을 곁에 두고 살았어도 혼자인 양
행복이 언제였던가 기억도 가물가물

무엇이 부족해서 서로를 할퀴었나
철없이 만난 사람 첫 단추 잘못됐나
서로의 배려 없어서 전쟁이 따로 없네

다시금 산다 하면 무엇이 달라질까
후회를 거듭해도 돌릴 수 없는 세월
때늦은 사랑 타령에 서글픔만 깊어가네

여보야

여보야 어디 있어 얼큰한 김치찌개
삼겹살 노릇노릇 맛있게 구웠는데
그토록 좋아했었던 소주 한 잔 시원하게

여보야 늦었지만 나도 한잔 배워볼래
진작에 배웠으면 당신을 이해할까
보내고 후회해본들 만나볼 수 없는 사람

철들자 망령이라 말들을 하더니만
때늦은 사랑 타령 어설프고 애처로워
한 번쯤 손 마주 잡으며 용서할걸 옹석쟁이

그리움 I

무심한 세월 속에 옹이가 된 가슴앓이
60년 긴 세월을 속울음 감추면서
이대로 별나라 가고 잊혀진다 하여도

아무도 모를 일을 우리 사랑 아쉬워서
혹시나 당신도 지난날을 그리워하나
행여나 생각나는지 한 번쯤 묻고 싶어

전화를 걸을까 편지 쓸까 망설이고
무심한 사람인 줄 알면서도 미련 남아
오늘도 애절한 사연 허공에 써 본다오

그리움 2

평생에 그리워도 보고 싶다 말 못 하고
긴 세월 속앓이를 가슴 깊이 묻었네
이대로 떠난다 해도 아무도 모를 일을

밤새워 되뇌이며 불러보는 사람아
나 혼자 사랑했나 무심했던 그대여
당신도 우리 사랑을 기억하고 있을까

멋지던 당신 모습 선명하게 남았지만
지금쯤 당신도 흰머리 노신사로
당신도 사랑했었나 한 번쯤 묻고 싶네

내 사랑

혼자서 덩그러니 남을 줄 몰랐지
아이처럼 손 달라 성가시어 몸 사렸지
좋아서 보챘을까요 외로워 떼썼는지

외로움 미처 몰라 성가신 것 나을 것을
보내고 한숨 돌림 잠깐일 뿐 아쉬워라
다시는 만나지 못할 사람 사랑했나 봐

보챔이 사랑인 줄 보낸 뒤에 알겠네
또다시 산다면 다독다독 달래면서
아기야 달래 가면서 사랑하며 살 것 같네

달

밝은 달 별도 빛나 가로등도 환한데
님 그리는 내 마음은 그늘지고 서글프네
무엇이 잘못됐었나 누구보다 멋진 님을

어쩌다 어긋나서 아옹다옹 싸웠을까
내 잘못 당신 탓야 어쩌면 시절 탓도
원수가 따로 없었어 바라보기 괴롭더니

삼 년이 채 가기 전 땅을 치고 후회하네
모양은 남들처럼 그럴싸해 실속 없어
몸 따로 마음도 따로 웬수처럼 등 돌렸네

세월을 되돌려도 아쉬움에 발을 굴러
후회하며 그리워도 가신 님 아니 오고
긴긴밤 홀로 앉아서 지난날 서글퍼라

외국 여행

난생처음 태국여행 설레이고 설레었지
하늘에 붕 뜨고 눈앞에는 뭉게구름
지평선 따라 태양이 웃으면서 따라왔지

고생 끝 낙이라니 외국 여행 행복했지
사계절 우리나라 얼마나 좋은 건지
타국 물 먹어보고야 비로소 알게 됐지

사람도 달라 보여 유적도 신기하고
색다른 과일 식물 벌린 입 못 다물어
어려운 살림 형편에 맞지 않게 소비했지

3000불 흥청망청 대책 없이 써 봤으나
실속은 하나 없고 바가지도 한 바가지
나중에 허리 휘도록 정신없이 일을 했어

삼년상

시묘살이 삼 년은커녕 기일조차 잊어서야
어쭙잖은 어미 노릇 부끄러워 우물쭈물
뜨거운 여름 날씨에 산소 가자 말 못 하네

큰 소리 제왕처럼 숨들 볶던 남편인데
그 위세 어디 가고 꿈에서도 말 못 하나
나 역시 당신 떠나고 한 시름 놓았다고

한 삼 년 자유롭게 마음껏 놀다 보니
얻은 것 하나 없고 잃은 것이 더 많구려
조금만 부드러웠으면 좋은 세상 누렸을걸

제2의 인생

모처럼 찾은 자유 나비처럼 훨훨 날아
꽃밭에 들판으로 이리저리 날라 본다
가시에 찔려 보면서 옛날 일들 그리워라

남편과 같이 걷는 인생이 험난해서
언제나 불편하고 마음 상해 괴로웠지
이제는 내 세상인가 만만세를 불렀더니

좋기만 했던 것도 반쪽이 부족하네
하늘이 맺어준 이 어설프게 살고 나서
나 홀로 헤매는 세상 외롭고 쓸쓸하네

윤중로 벚꽃

벚꽃이 활짝 핀 윤중로를 그대와
하늘하늘 나비처럼 예쁘게 춤추었지
언제나 나를 지켜줄 당신이라 믿었는데

어설픈 사랑 속에 놓쳐버린 그대를
떨어지는 꽃잎 따라 내 마음 흐느끼네
사랑해 고백 못 해도 후회하나 사랑했지

군에 간 내 아들

군에 간 귀한 아들 졸병에 작대 하나
왕모래 흙바닥에 살갗을 찢기면서
찬바람 철조망 벽에 밤새워 나라 지켜

비바람 눈보라에 가슴이 얼어붙고
엄마 품 그리워서 속 울음 누가 알까
훈련이 너무 힘들어 영혼이 탈출할 양

귀하디귀한 아들 죄인 양 혼쭐나네
밤과 낮 불호령에 정신줄 놓을 지경
얼만큼 세월을 넘겨 제대병 병장 되나

운명

오월은 온통 날 날 축제의 계절인데
산과 들 초록 물감 하늘은 청명하고
꿈엔들 짐작했을까 내 아들 죽음을

타국에 쓰러진 너 강 건너 불구경
애타게 소리쳐도 안타까운 메아리
끝끝내 가지 말라고 매달리지 못한 탓

힘겹게 끌고 지며 허덕허덕 갔겠구나
설마에 쓰러질까 앞일을 짐작 못 해
내 가슴에 한 줌의 재로 억장이 무너지네

아들

한 줌의 재가되어 돌아오니 설마설마
어디에 묻나요 내 가슴에 묻혔구나
왜 이리 따갑고 멍한지 갈피를 못 잡겠네

쫘당하고 넘어질 때 내가 갈 운명인데
효자 놈 나 대신 제물 되어 떠났구나
충분히 살아온 내가 떠나야 당연한걸

어린 딸 남겨놓고 안타까워 어찌 갔나
날마다 밝은 태양 떠올라도 깜깜한 맘
남들은 잊을 테지만 빈자리 어찌 잊나

꽃봉오리

꽃바구니 봉우리 꽃 예쁘고 조화로워
아직도 피려면 멀었건만 미련 없이
내 인생 하필이면 꽃 장수 가위질에

뉘에게 허락받아 내 목숨 훔쳐 갔나
하소연 틈새 없이 시한을 헤아리나
태초에 지어진 운명 하필이면 나일까

활짝 필 꿈들이 많고 많아 안타까워
선배들 웃음 따라 마음껏 웃고 싶어
하나 둘 세었던 세월 너무 짧아 서러워라

외갓집 가는 길

외갓집 엄마 따라 뽕뽕 뽕 방귀 뀌며
새벽길 이슬 밟고 총총 총 따라간다
보따리 머리에 이고 업은 아기 달랑달랑

높은 산 앞에 두고 푸른 숲 깊어가네
철없는 어린아이 설마 저 산 넘지 않지
풀밭에 뛰는 메뚜기 두 손으로 잡아보고

처지는 걸음걸음 서둘러 재촉하나
발 빠른 우리 엄마 산등성이 접어드니
놓칠까 두려워져서 허겁지겁 달려가네

쓸쓸한 가을

아직은 단풍잎도 떠나지 못했는데
그대는 무슨 일로 벌써 나목 되었는가
제 성질 급한 탓으로 일찍이 이별하고

지나는 바람 따라 윙윙 울까 바보처럼
누구를 탓하랴 나도 역시 자네 닮아
모두 떠나버리고 깊은 밤 혼자 우네

보내고 밀려오는 그리움 가슴 태워
앞뒤로 둘러봐도 위로받을 사람 없어
뒤늦게 후회하면서 잘못을 빌고 비네

무엇을 잃었나

무엇을 잃었나 현실이 아닌듯해
하늘이 뿌옇고 멍하니 정신없어
모습을 보고 왔어도 믿기지 않는구나

충분히 붙들 수 있었건만 손끝에서
거짓말 같은 현실 남의 일 아닌 내 일
먼 타국 낯선 땅에 누워있는 너의 모습

어느 손 아프지 않을 리 없지만
내 잘못 너무 커서 평생을 억울하게
울분을 삭이면서도 올곧게 살아냈지

잔인한 오월

만물이 소생하고 활기찬 오월에
억장이 무너지는 혹독한 계절이네
끝까지 가지 말라고 매달리지 못해서

타국땅 이국 만 리 허무하게 쓰러졌네
힘들 줄 뻔히 알며 사랑하는 딸 때문에
예수님 골고다 언덕 허덕이며 따랐구나

하늘길 너무 멀어 돌아오지 못하고
위로의 인사 없이 외로이 홀로 떠나
여행길 포옹이라도 해줄걸 설마에

어제 같은 오늘

어제 같은 오늘일 줄 무심히 넘겼는데
별나라 웬 말인가 믿지 못할 너의 소식
하염없이 흐르는 눈물 어떻게 멈출까

불행이 덮쳐도 목숨만은 살려주지
발 굴러 소리쳐도 떠나가는 너의 영혼
아쉽게 못다 한 인연 작별인사 못했네

나 아닌 하늘나라 못다 한 사랑받고
힘들고 지쳤던 삶 훌훌 털고 떠나시게
또다시 만날 수 있다면 속죄할 길 열어주게

혼자가 좋다

1
나 혼자 있는 것이 최고의 행복이야
할 일도 마음 상해 다툴 일 없어 좋아
방까지 넘어온 해님 다정하게 인사하고

이런저런 지난 얘기 슬프고도 재미있어
사랑도 울고불고했던 것도 욕심이래
숨 한번 꿀꺽 칭찬해 너그러이 보았다면

혼자라 자유롭고 내 인생에 로또라네
아무도 도와 달라 찾아오지 않지
누구도 자유스럽게 놀 수 있는 행복 없어

2
마트엔 온갖 물건 가득하고 다양해
온 천지 재미있는 놀이가 널려 있고
무엇이 더 부족해서 찡찡거려 바보야

사랑을 하고 싶은 미련이 있다고
남편과 그렇게 싸우기만 했는데
뉘라서 진정한 마음 주고받고 사랑할까

나 한 몸 불편해지면 가진 것 다 팔아서
잘생긴 인공지능 한 놈 잡아 오지 뭐
살아온 추억 놀이도 얼마나 남았을까

3
죽기 살기 몇 번인데 건강한 것 기적인걸
떠나면 불태워 없어져도 더러는
한 조각 기억이라도 누구엔가 남을 거야

치열한 경쟁 속에 비바람 폭풍 속을
힘겹게 헤쳐 나온 저력 끈기 사랑 흔적
스스로 잘 살아 냈노라 위로하며 박수 친다

나의 집

욕심도 희망 없이 철없이 살다 보니
인생이 갈팡질팡 너무도 힘들었네
누구든 잘 살아갈 줄 알았는데 아니었어

아버지 운명하니 대궐 같던 기와집은
한없이 쫓겨 쫓겨 판잣집만 남았었지
서로의 복이 다름을 뒤늦게 깨달았네

그래도 더운밥 찬밥 없이 잘 살았어
조용히 살다 보면 궁궐 같은 내 집은
천국에 있지 않을까 희망으로 살아간다

사랑

사랑해 말 못 하고 역으로 떼쓴 것을
내 미처 몰라주고 오히려 등 돌렸지
긴 세월 마음 닫고 외면한 어리석음

떠난 후 홀로 남아 곱씹고 돌아보니
자존심 세워달라 응석받이 여보야
보내고 생각해 보니 얼마나 외로웠나

조금만 보듬으면 끝없는 사랑인걸
지혜가 모자라서 한없이 미워했네
나 두고 어찌 떠났나 진정으로 그립구려

제2부

욕심 많은 해바라기

보리밭과 벚꽃

벚꽃길 따라가면 할머니 초가집이
손녀딸 온다는 소식에 허둥지둥
곡간에 쟁여두었던 보리 섞인 쌀밥 짓고

소금 독 묻었던 갈치 꺼내 노랗게 굽고
앞치마 두른 채 보리밭에 마중 나와
손녀는 시쿰한 앞치마 품에 안겨 깡충깡충

만장기 시오리쯤 벚길 따라 산으로
지금은 볼 수 없어 그래도 꽃길 가면
손 벌려 서 있던 할머니 아련하게 보이네

산수유 1

봄 동산 산수유 일찍도 찾아왔네
온 동네 향기가 상큼하게 퍼지고
농부들 농사 준비로 마음이 설레네

꽃나무 밑에는 어미 닭 병아리
벌레들 찾느라 흙과 풀 헤쳐보고
온 동네 꼬맹이들이 소꿉장난 한참이네

세월이 많이 흘러 놀던 아이 별이 되고
더러는 여기저기 뿔뿔이 흩어져서
아련히 전설 같았던 추억을 그려보네

산수유 2

충청도 내 고향 우리 집 뒷동산에
샛노란 산수유 온산에 피었어요
향긋한 꽃향기 취해 아이들 해롱해롱

꽃 무리 잎사귀 밑 닭들은 벌레 찾고
아이들 옹기종기 모여앉아 소꿉놀이
아빠야 엄마 부르며 한살림 차렸지

어느새 놀던 아이 별 따라 가버리고
몇몇이 남은 친구 옛 추억 그려보며
헤어진 친구들 생각에 눈물이 난다오

욕심 많은 해바라기

넓은 들 개울가에 외로이 피어난 꽃
하늘만 바라보고 맴을 돌다 허리 휘어
서로들 끌어안고서 설움을 달래본다

촉촉한 개울가에 태어남도 복이건만
욕심이 많아서 넘치게 커버리고
허리 좀 휘어진다고 울기는 왜 울어

세상에 태어나서 해도 보고 달도 보고
벌 나비 님도 품고 알차게 열매 맺어
한평생 알콩달콩하게 누렸는데 무얼 바래

때늦은 철쭉꽃

섣부른 사랑 타령 가슴 태워 울지 말자
지나는 바람인가 훠이훠이 몰아내고
오수에 꿈을 꾸었나 도리질 한 번으로

젊어서 못 이룬 꿈 이 나이에 웬 말인가
무심히 속아보네 헛되고 헛된 것을
때늦은 철쭉꽃처럼 부끄러운 모습이네

성급한 봄소식

먼 산은 혼곤하게 깊은 잠에 빠져 있고
갈잎도 채 못 떠나 주춤대며 서성거려
봄 전령 제 먼저 와서 흐드러지게 손 흔드네

오는 봄 반갑고 행복하기 비는 듯
성급한 산수유 온산이 떠나가게
하하하 기쁜 봄소식 서둘러 전해 주네

해바라기

오늘도 님 바라기 한이 없고 끝이 없네
모두를 품어 안고 변함이 없으련만
주신 빛 너무 벅차서 촘촘히도 박힌 사랑

한 생명 다하도록 그대 사랑 넘쳐흘러
끝없이 돌고 돌아 쓰러지고 무너져도
내 사랑 천년 두고 피고 지고 영원하리

겨울 눈꽃

봄이야 꽃들이 분단장 설레는데
겨울꽃 시샘하나 온 천지 눈꽃이네
내 마음 어찌 알고서 뒤늦게 피었을까

세월을 놓쳐서 피지 못해 아쉬웠어
수줍어 고백 못 한 내 마음 꼭 짚은 듯
나 대신 활짝 웃으며 찡긋하며 손 흔드네

노인 꽃 곱게 보면 눈꽃보다 장엄한데
세인의 외면으로 안주할 곳 헤매더라
아직도 늦지 않았어 나에게도 봄은 온다

미련 남은 단풍

가을이 찾아오면 떠나야 하는 줄은
단풍은 알 텐데 봄까지 못 떠났나
알뜰한 정 때문일까 미련이 남았구나

추위에 떠는 가지 포근하게 견디라고
옴츠려 둘러앉아 무슨 얘기 나누었나
수많은 사람과 차들 구경하다 길 잃었나

하루 해 지나도록 너희들 속 사정과
궁금한 사연들을 골똘히 생각해도
오히려 새잎들 걱정 한층 더 심란하네

함박눈

함박눈 펄펄 펑펑 온 세상 흩날리네
깜빡 새 넓은 마당 커다란 흰 도화지
근사한 그림을 그려 온 세상을 놀래주자

앗 한발 늦었다네 순식간 생긴 그림
화려한 꽃송이와 탐스런 열매들도
온 천지 펼쳐진 모습 하얀 설경 황홀해

어느 손 그렸을까 절묘한 풍경화를
교만도 하지 말고 남의 것 탐내지 마
하얗게 사랑의 말씀 은밀하게 보내네

가로수 속사정

따가운 햇살을 어린잎이 좋아할까
늦게 나온 어린잎 하루 종일 시달리네
억수로 쏟아지는 비 행복할까 괴로울까

사람은 에어컨 앞 찾아들며 피하는데
가녀린 꽃과 잎이 타지 않아 신기하네
속사정 어떠한지를 나도 한번 서 볼까

사람이 자연보다 약한 걸까 모르겠네
인간이 재앙을 불러놓고 자연만
무슨 수 찾아서라도 노여움 풀어보세

분재

잘생긴 내 모습 질투하고 시기하나
자르고 비틀면서 온갖 고문 잔인하게
긴 허리 조르고 돌리며 싹둑싹둑 자르네

하늘 보고 어깨 좀 올려보면 비틀려
차라리 눈길 없는 잡초가 부럽구나
수많은 나무 중에서 하필이면 나일까

예쁘다 말보다 마음대로 허리 한번
하늘을 우러러보며 숨 한번 쉬고 싶네
아서라 다음 생애는 초라하게 태어나리

어느새 능소화

숫처녀 닮은 꽃 가슴이 콩닥콩닥
매연이 가득한 차도에서 활짝 웃네
예쁘고 화려한 모습 모든 사람 위로하나

요염한 오월 장미 손 흔들고 떠난 뒤
화사한 네 모습에 화들짝 놀란 처녀
개나리 벚꽃 진달래 능소화 갖가지 꽃

흙한 줌 준 일 없어 바라보기 미안해라
삭막한 세상살이 네가 있어 행복하네
그늘진 마음 마음을 웃음으로 달래주렴

고마운 비

곳곳에 산불이 장난친 듯 여기저기
불안감 온 나라 이 말 저 말 수군대고
때맞춰 고마운 비가 주룩주룩 불을 껐지

마음이 어수선해 하루가 힘겨운데
하느님 보호하사 순간에 불 끄셨네
애타는 기도 들었나 진정코 고맙네요

활짝 핀 벚꽃들 짧은 사랑 애달파라
새봄을 환호하듯 예쁘게 활짝 폈지
사람들 대신 벌섰나 아쉽고 미안하네

꽃 중의 꽃

꽃 속에 예쁜 아가 하늘과 땅 어디서 왔나
천국이 따로 있나 여기가 천국이네
메뚜기 잡아보면서 나비까지 쫓는구나

꽃향기 취해서 길을 잃어 해가 중천
온 세상 다 품은 듯 돌아갈 줄 모르네
아련히 부르는 소리 화들짝 달려간다

웅장한 나목

멋지게 자란 모습 놀랍고 신기하네
얼마나 많은 세월 비바람 눈보라에
설움도 많았으련만 한마디 말 없구나

너만큼 잘 났으면 후회할 일 없으련만
굽이굽이 돌아온 길 옹이만 수도 없네
지난날 아픈 상처는 너와 나 똑같구나

잘난 너 수만 대 칭송받아 당연하나
인생살이 저무는 나 무엇으로 보람 찾나
그래도 올곧고 무사히 사람답게 살아냈네

가을 단풍

온산이 알록달록 물이 드니 너무 예뻐
봄에서 사계절 돌고 도는 순환 속에
가을은 아름다우나 울면서 이별이네

만남의 환희 속에 풍성한 여름 따라
행복도 잠깐인가 어느새 한 해가
희비가 엇갈리면서 울고 웃는 운명이네

속앓이 할망정 내년이면 새 단장
우리네 인생사 한 번이면 끝이라네
하기야 뿌리내리면서 이어감은 똑같구려

다정한 연인

가을비 부슬부슬 내리는 단풍 숲속
다정히 걸어가는 사랑하는 연인들은
화려한 무지개보다 행복한 꿈을 꾸나

오로지 이 순간만 일생에 꽃인 것을
세월이 흐른 뒤에 깨달을 수 있겠지
마음껏 사랑하면서 청춘을 노래하라

고향

당살미 지나면서 하마루 고개 넘자
가슴은 설레이고 버스는 뽀얀 먼지
초가집 굴뚝 밖으로 연기가 모락모락

어릴 때 보고픈 소꿉친구 옆집 오빠
피난 때 아스라한 추억을 찾고파서
방학을 손꼽아 세며 고향 시골 달려갔네

울 엄마 친구 친척 고향 집 그리움에
팔순을 앞에 둔 허리 굽은 할머니
흘러간 옛날이야기 추억 속에 졸고 있네

원두막

내 고향 충남 공주 그리운 동무들아
냇가에 속옷 차림 물고기 쫓았었지
지금은 어느 곳에서 황혼으로 늙어가나

살금살금 참외 서리 원두막에 놀던 추억
지금은 슬하에 손주 아기 올망졸망
옛날에 놀던 얘기 구수하게 풀어낼까

세월이 꿈결처럼 고전 영화 희미하네
아기가 어른 되고 돌고 도는 인생 마차
어느새 서산 노을에 지친 영혼 마주 섰네

불타는 단풍

온산에 불이 난 듯 울긋불긋 황홀해라
계절을 어찌 알고 꽃단장을 하였을까
헤어짐 미리 알고서 울고불고 가슴 타나

사람은 예쁘다고 소풍 가고 즐거운데
혹시나 물었을까 나무들의 속마음을
어쩌면 헤어질 설움 서로 안고 울고 있나

고향 생각 1

꿈에서 대순 캐고 싸우던 어린 시절
새까만 보리깜밥 왜 그리 맛있던지
푸짐한 진수성찬도 그때보다 맛없네

시냇가 풍덩 풍덩 버들치 잡으면서
보리 이삭 구워 먹고 풀피리 불었었지
송충이 쥐꼬리 잡아 흔들며 학교 갔지

한 폭의 그림이고 꿈같은 옛날얘기
두 번도 재생 없는 그리운 옛날 생각
수없이 지웠다 다시 그려보는 추억이네

고향 생각 2

대나무 울타리로 시원한 소슬바람
석양빛 저녁노을 하이얀 굴뚝 연기
신작로 뽀얀 먼지 내며 달려가는 버스가

앞마당 멍석 깔고 조촐한 저녁 밥상
그곳엔 엄마 아빠 어여쁜 동생들이
저녁밥 먹은 뒤에도 옥수수 감자를

동무들 불러내면 내 동생 개구쟁이
모닥불 걷어차고 사립문 앞마당에
칠십 년 오랜 옛날에 꿈 같았던 이야기

내 고향

계룡산 산머리 등 뒤에 둘러 있고
옹기종기 모여앉은 내 고향 그리워라
뿔뿔이 헤어지면서 소식도 없구나

온 동네 숟가락 수 환히 알고 한살림 양
영자야 종환 오빠 햇볕 좋은 툇마루에
온종일 공기놀이와 딱지치기 어제 같아

더러는 별 따라 더러는 허리 굽어서
잘하던 농사일이 그림에 떡 아이고
긴 한숨 누가 달래나 고향에 가고 싶네

웅장한 산

봉우리 오 형제 단풍나무 치마폭에
잘생긴 모습으로 하늘 보고 으쓱대나
보는 이 감탄할수록 정수리가 높아지네

찾는 이 없다 해도 홀로 잘나 뽐내누나
여름엔 초록 아씨 가을엔 노랑 빨강
겨울엔 하얗게 단장한 선녀들이 행복이야

온갖 새 넘나들고 짐승들 재롱떨고
샛바람 구름 친구 반갑게 찾아오고
태양도 잘난 네 모습 빙그레 미소 진다

춤추는 나무들

너희들 앞일을 알고 노나 몰라 노나
노란 잎 어린싹이 어느새 큰 잎 되어
바람이 부는 장단에 하늘하늘 춤을 춘다

즐겨라 높은 하늘 뜨거운 태양 안에
익을 대로 농익어서 그 무엇이 두려울까
오늘도 신나는 춤을 마음대로 추어보세

그날이 오기 전에 마음껏 즐겨보자
내일은 내일이고 오늘은 네 마음대로
가을이 찾아온다고 두려울 것 하나 없네

감춰진 꽃잎

나무는 길쭉한 통 그 속이 넓다 해도
만발할 꽃잎들을 어디에 감추었나
수 없는 꽃망울들을 뻥튀기로 뿜어낼까

나무 속 물감통 없고요 붓 없는데
꽃잎과 잎사귀들 어디에 숨겼다가
화가가 그린 것처럼 예쁜 꽃이 피어날까

윤중로 산책길에 뭉게구름 피어나듯
벚꽃이 활짝 웃고 찾아온 봄날 잔치
우울한 사람들에게 희망을 선물하네

사과 한 바구니

엄마가 따다 놓은 빠알간 사과 바구니
성급한 막냇동생 우르르 쏟아놓네
어느 것 맛이 있는가 이리저리 뒤적인다

한입을 먹어보고 시다고 뱉어놓고
다른 것 골라 먹고 덜 익었다 동댕이쳐
한주먹 때리고 싶은데 엄마는 빙그레

기차 여행

오랜만 기차여행 감회가 새로워라
온천지 벚꽃들이 활짝 펴 환호하고
눈처럼 날리는 꽃잎 하늘하늘 춤추네

고향을 안고 도는 계룡산 긴 허리춤
푸른 꿈 꾸었던 그리운 내 고향
어릴 때 철없이 놀던 따뜻한 요람이었네

팔순의 노인 되어 회상하니 꿈결이었나
내 놀 것 하나 없이 세월은 기차처럼
내 영혼 추스를 시간 얼마나 남았을까

느티나무

동구 밖 느티나무 동네 사람 휴식터
무더운 여름날 나무 밑에 노인 아이
온 동네 모두 모여서 끼리끼리 호호 하하

순희네 아기 났네 범석 영감 환갑이래
영희가 시집간데 마을 소식 신이 났네
땡볕에 땀 식히면서 막걸리 한 사발

그리운 마을 풍경 어데서 찾아보나
소탈한 사람들의 정겨운 이야기
꿈인가 전설이었든가 아득한 고향 풍경

낭만

초여름 상쾌한 날 숲속을 산책하네
바람에 머리카락 휘날리니 시원하고
귓가에 산새 소리가 노래처럼 들리네

모처럼 평온함을 느끼면서 행복하고
아련히 꿈결같이 낭만에 젖어 든다
마음만 돌려보면 여유롭고 평화로워

무엇을 욕심내어 외롭고 허전했나
오가는 인연들을 고맙고 겸손하게
인생에 소중한 일들 새삼스레 생각하네

제3부

첫사랑

첫사랑

열여섯 첫사랑 가슴이 설레었지
우연히 마주치는 눈길에도 울렁울렁
그것이 사랑인 줄도 모르면서 두근두근

상상만 하여도 얼굴이 붉어지고
그대 앞 스치면서 부끄럽던 내 마음
남몰래 사모하는 정 가슴앓이 애처로워

어떻게 긴긴 세월 정들었던 사람을
무엇이 모자라서 헤어지게 되었을까
평생에 마음에 묻은 한 번뿐인 사랑이었네

파초의 꿈

초여름 오월에 파초 피면 그대 생각
용기가 부족해 사랑을 확인 못 해
철없이 돌아선 잘못 평생 동안 후회했네

상사병 앓았던 그대 사랑 외면한 죄
이토록 후회하며 아쉬워서 울 줄이야
그때는 왜 몰랐을까 서로가 용기 없어

철부지 작은 오해 용서하지 못했네
사랑해 한마디 모자라서 등 돌리고
지금껏 가슴앓이를 할 줄은 미처 몰라

뜬금없이

시 한 수 뜬금없어 낯설지만 혹시나
젊은 시절 한순간 열정을 기억할까
애타는 사랑 목말라 앵돌아져 돌린 발길

평생을 그리워 남쪽만 바라보다
어느새 할미꽃이 아직도 못 잊어서
이름도 마음이 저려 부르지 못하였네

평행선 등 돌리고 별나라 가면은
내 영혼 끝내는 잠들지 못할까 봐
사모의 시 한 수 전해질까 띄워보네

첫눈에

당신을 처음 만난 그때도 지금처럼
오월의 하늘엔 뭉게구름 두둥실
백마 탄 왕자였었나 첫눈에 반해서

인연이 아니라면 눈앞에서 사라지지
내 가슴 밤낮으로 설레게 어른거려
사랑해 한마디 하면 운명이 달라질걸

수많은 인연 중에 당신만 잊지 못해
나 또한 말 못 하고 속 울음 삼켰을까
무심한 인연이었나 평생 동안 그리워라

인연 I

세월이 흐른 만큼 많은 사람 만났었네
내 주위 남은 사람 소중하게 감싸 안아
그동안 맺은 인연을 소홀히 할 수 없지

뒤돌아 볼수록 다정하고 귀한 사람
사랑해 두 손 잡고 못다 한 말 전해 주면
지난날 아쉬웠던 애정 미소로 답해줄까

이제도 늦지 않아 다시 한번 사랑하리
한 눈도 팔지 말고 맺은 인연 다독여서
내 인생 그림 안에서 더욱 귀히 사랑하리

자아도취

등에 진 짐들을 내려놓고 혼자되니
홀가분하지만 소외된 듯 외로워
자식들 세상 속 달라 섞이지 못하고

어려운 남편보다 자식 앞에 초라하고
어쩔 수 없어서 이리저리 흔들리며
온종일 여기저기로 헤매이며 그네 탄다

더러는 속기도 때로는 행복하나
내 맘을 이해하는 따뜻한 분 어디 있나
조용히 내 속에 나를 다정하게 불러본다

파도치는 인생

오십 년 긴 세월을 가물가물 돌아보니
넘어진 자리에는 괴로움만 가득하네
시련이 덮칠 때마다 어떻게 견뎌냈나

누군들 고비가 없으련만 지친 모습
세파를 견뎌내니 강인한 장군처럼
한고비 넘고 돌아보니 지난 흔적 예술이네

삶이란 굽이치는 파도였나 가슴 쓸어
지금쯤 평화로이 지날 만도 하련만
아직도 풍파가 있나 세파에 흔들리네

가는 길

인생이 한 번뿐 두 번 살 수 없는 것을
긴 세월 이리저리 흔들리다 종이 울려
열심히 산다 했어도 돌아보니 흠 투성이

이치를 알만 한데 또 한 번 살 수 없고
아쉬움 둘째치고 무너지는 몸과 마음
화려한 젊은 날 기백 어디로 사라지고

스스로 뒤척이지 못하고 남의 손을
어차피 겪을 일이 왜 이리 서러운가
잘못 산 인생이라도 밤새 안녕 욕심일까

고무줄 나이

화장을 하고 나면 일흔 살 안 하면 90
기쁘면 70이요 슬프면 아흔 살
20년을 오락가락해 카멜레온 닮았네

즐겁게 살다 보면 온 세상이 내 것이고
외로우면 방구석에 몸사리고 누워서
내 인생 출렁거리니 내 마음 나도 몰라

건강이 좋아졌나 세월이 달라졌나
육순도 친구요 구순도 어깨동무
마음만 바꾸어 보면 아직도 청춘이네

황혼

내 한 몸 죽고 사는 사연은 의미 없어
우연히 세상 만나 힘겹게 살았지만
한 세상 살아 봤어도 이뤄놓은 것 없어라

무겁게 받은 숙제 아등바등 애썼지만
누구도 잘했노라 격려도 받지 못해
내 곁에 아무도 없는 쓸쓸한 노년일세

무엇이 그토록 매몰차게 몰았을까
뒤돌아 회상해도 허망한 인생살이
이제야 길이 보이나 황혼 앞에 서 있구려

보람

수많은 세월 속에 웃고 울던 사연들을
온 천지 두루 살펴 진기명기 느껴보고
마음에 기쁨 되어서 흔적으로 남았구나

태어난 행운이 우주의 신비보다
내 인생 알록달록 귀하고도 귀하도다
오묘한 섭리 속에서 한평생 소설처럼

속 좁아 불평하며 살던 일상 돌아보니
순간이 기적이고 행운임을 깨달았지
천년을 빌고 빌어서 누린 삶에 행복하네

무지개 인생

인생길 파노라마 알록달록 색깔 닮아
장밋빛 어린 시절 행복하고 평화로워
회색빛 결혼생활은 힘들고 어려웠어

갈색인 중년에는 힘 좋으나 휘청휘청
은회색 노년 드니 해변처럼 평화롭네
지난 길 회상해 보니 무지개를 닮았구나

앞일을 알 수 없어 허둥지둥 헤매었지
마지막 남은 색깔 깨끗한 흰색이면
나만의 색깔 입혔던 한점의 그림일세

노년

놀기만 하라고 깔아주는 세월이나
여러 곳 헤매어도 같이 놀 사람 없고
남몰래 거울 보면서 주름도 당겨보나

스스로 보는 얼굴 본인조차 외면하니
누군들 같이 놀자 마음 열어 반길 건가
좋은 날 놓치고 나서 한탄한들 소용 있나

물 좋고 산세 좋은 깊은 산골 찾고파도
혼자선 어림없어 실버타운 높은 문턱
혹시나 갈 수 있을까 그마저 놓쳤구려

환상

한 삼 년 자유라고 외치며 춤추더니
뛰어야 벼룩이고 변할 수 없는 것을
혹시나 팔자가 필까 달려봐도 그 자리

타고 난 팔자소관 고칠 수 없구나
민들레 장미 될까 환상에 빠지더니
남 모습 늘 부러워서 밤낮으로 뛰었어도

걸음을 재촉하며 고갯마루 올라보니
가진 것 어디 가고 잃은 것이 더 많네
촉박한 내 생애 아쉬워 뛰어본들 그 자리네

흔적 1

혼자서 엮어 나온 긴 세월 흔적들을
가물한 기억을 더듬더듬 돌아봐도
아릿한 상흔들로만 어지럽게 맴도네

함께 한 많은 사람 홀연히 바람처럼
몸 빌려 태어난 아이들도 곁에 없고
진작에 친구 따라서 별나라 떠났으면

몸 따로 마음 따로 잉여인간 되어서
어설피 설 곳 없어 하루가 고되어라
화려한 세상 풍경들 꿈처럼 아리송해

깊은 밤

아는 이 모두 자고 나 홀로 소파 앉아
고요한 마음으로 그리움에 젖어본다
혼자서 지샌 밤들이 몰래 갖은 보물처럼

여유가 재산인가 휴식을 뒤로 밀고
미지의 세상으로 즐겁게 여행하네
시 공간 넘나들면서 황홀하게 밤을 태워

더러는 날밤 새며 고독도 씹겠지만
모처럼 여유 부려 낭만을 즐겨보네
공상과 현실 넘나들며 풍요로운 삶을 산다

그림자

나에게 그림자 있었는가 새삼스레
팔순이 다 되도록 무심히 지냈는데
나 홀로 외롭게 사니 오직 너만 곁에 있네

신자홍 이름 붙여 살뜰하게 함께 하리
언제고 너에게 묻고 물어 실수 없이
힘들고 어려울 때 말없이 내 곁을

멍청한 생각할 때 외롭다 슬퍼할 때
한 발길 쳐서라도 정신 번쩍 들게 하고
새로운 인생살이도 너를 보며 힘내리라

적막

미사 중 강의 시간 자주자주 폰을 끄니
전화도 안 받는다 소문나서 끊어진 벨
조용히 집에 있어도 전화 톡도 한 통 없네

TV 틀면 여기저기 사건 사고 요란한데
산속이 따로 있나 강아지 차 소리도
적막한 고요 속에서 삶의 흔적 살펴봐도

잘했다 잘못했다 시비하는 사람 없어
세상사 풍요로워 살만하다 자랑이나
나 홀로 아무도 없이 살고지고 재미없네

실망

낙엽이 떨어지듯 희망이 사라졌다
새봄에 꽃들이 피어나듯 벅찼던 날
누군가 던진 충고에 어리석은 내 모습

남들은 이미 느낀 지혜를 나만 몰라
희망찬 기대에 잠깐동안 행복했지
모든 것 포기하고는 정신마저 혼미해

뒤늦은 도전이 얼마나 어리석어
살며시 귀띔한 분 고맙다 말할까
잠깐에 부푼 기대가 허망하고 서글퍼라

두려움

누구나 겪는 일 마음을 다독여도
꽃들이 여기저기 떨어지는 소식에
다음은 혹시 나일까 초연 반 두려움 반

외골수 앞만 보고 살아갈 땐 무심했지
갈 길이 바빠지니 뒤통수에 그림자가
일 년은 한 달도 감사 하루가 금값일세

속절없이 지낸 세월 아까워도 소용없고
끝자락 매달려서 안절부절 밤 새우네
돌이켜 생각해 보니 기적으로 살았구나

버린 꿈

달려든 내가 잘못 누구를 원망할까
이 나이 어쩌자고 새 삶을 꿈꾸었나
어설피 덤벼들다가 가슴앓이 멍들었네

짧은 순간 헛꿈 꾸다 돌아보니 쓴웃음만
어쩌다 남들처럼 풍월을 읊었었나
한심한 내 마음 욕심 들키고야 말았구나

한바탕 내 마당이 펼쳐진 줄 알았더니
산 넘고 물 건너서 첩첩산중 오리무중
잊어라 못 그린 그림 버린다고 허물 될까

팔순

팔순을 살아온 이력에는 사연 많아
삶의 무게 짓눌려 허리는 휘어지고
혹여나 뿌듯한 보람 한둘쯤 있으려나

지치고 쇠잔해도 몸과 마음 다듬어서
노년을 풍요롭게 살고파 애를 써도
재주와 기력 모자라 하루도 버거워라

풍파를 이겨내고 오늘까지 살아온 길
기적이 따로 있나 더 이상 무얼 바래
한평생 걸어온 길을 회상하니 행운일세

만추의 행복 I

침대에 누우면 따뜻하고 편안해
벽 쪽에 화초들 나 보고 활짝 웃고
지니야 부르라치면 열어줘 TV를

벽에는 유화 그림 꾸며진 내 갤러리
떠들고 싶어지면 시 몇 수 읊조리고
노래랑 고고 춤까지 신나게 한바탕

운동량 부족하면 자전거 십 리가량
나라는 오래 살라 재촉해 건강 검진
친구들 자주 찾아와 떠들면서 웃지요

만추의 행복 2

햇살이 가득히 놀러 온 내 침실에
몇몇의 꽃들과 싱싱한 침엽수랑
벽 쪽에 걸린 화폭들 이야기 서로 달라

나 혼자 놀아도 할 일이 무궁무진
모두가 제 갈길 바쁘다고 떠난 지금
너희만 나를 위로해 진정한 친구이네

만족

얼마를 가지면 만족할까 하나 둘 셋
보이고 안 보이는 수없이 많은 은혜
그래도 비교하면서 한없는 헛된 욕심

아무도 없는 곳에 나 홀로 공주 되면
감사하고 만족하며 행복하게 살련가
의식주 걱정 없이 건강하면 행복인데

여기서 무엇이 부족해 마음이 헛헛할까
살던 중 제일 좋은 하루하루 미련 없어
그래도 마음 한구석 쓸쓸한 건 욕심일까

축복

울지 마 날마다 비 오는 것 아니야
죽을 것 같아도 희망을 버리지 마
갈수록 힘들어 보여도 살길이 있다네

긴 세월 울고불고 넘었어도 아름다워
선택된 영혼이니 무엇으로 감사할까
산 넘고 바다 건너서 온 나라 여행했지

귀하고 아름다운 세상을 두루 보니
화들짝 놀라운 일 많아서 즐거웠지
이만큼 맛보았으니 무엇을 더 바랄까

귀향

오색에 네온 거리 불야성 빌딩 속에
길 잃은 나그네가 갈길 몰라 서성이고
하룻밤 쉴 곳을 찾아 이리저리 헤매인다

오래전 고향 떠나 살아온 날 아득하고
남들은 성공했다 자랑이 요란한데
혼자만 불나비처럼 헤매어도 쉴 곳 없네

나물과 물 마셔도 행복했던 고향으로
호미로 텃밭 매며 욕심 없이 살고 싶어
연로한 부모 모시려 귀향하면 행복하리

헤어진 사람들

긴 세월 돌아보니 등짐이 무거워서
울지도 못하면서 허우적거렸지만
만나고 헤어져 버린 고마운 분 너무 많아

지금쯤 어디에서 어떻게 살아갈까
한번은 만나보고 고맙고 행복했어
어쩌면 별들이 되어 고즈넉이 날 볼 거야

진정코 나를 위해 기도하고 위로했던
끈끈한 사랑들을 어디에서 만나볼까
오늘도 당신들 보듯 만나는 이 사랑하리

시의 바다

시 바다 뛰어들어 온종일 헤엄치니
옳은지 그른지를 이해하기 어려워라
시 한 수 흥얼거리면 하루종일 즐거워

꿈인가 현실인가 막연한 회색 그림
살며시 한 발 두 발 띄워본 걸음 속에
비로소 처녀시 한 수 세상으로 날려보네

화장

누구를 홀리려고 검버섯 지우려나
악의나 의도 없이 점들을 지워보네
기왕에 잔주름까지 지울 수만 있다면

몇 번을 두드려도 깊은 주름 생긋 웃네
윙크해 달래봐도 여전히 그 모습이
거울아 너 볼 때라도 내 마음 달래줘요

십 년만 젊어져도 아름다울 내 모습
소원이 그렇게 어렵고 힘든 건지
진시황 못 이룬 꿈을 난들 어찌 바랄쏘냐

웃는 소나무

바람에 단풍잎들 우수수 날리고서
서러움 달래보는 앙상한 나무야
울지마 멀지 않은 봄 새롭게 태어날걸

단풍 너 가지 뒤로 휘어진 소나무들
우리도 너희만큼 외롭고 괴로웠어
햇볕 앞 살아가기를 손꼽아 기다렸지

너와 나 우리 강산 운 좋게 태어나서
슬픔과 즐거움을 골고루 즐기고
태어난 행운에 감사하면서 웃어보세

제4부

독백

꿈 1

때 늦게 틔운 새싹 다르게 피어나도
어설픈 모양새가 꽃 모양 되어질까
이제야 안달복달로 밤잠마저 설치네

누군들 예쁜 모습 뽐내고 싶지 않나?
하 많은 사람들은 세상이 좁다 하고
함박꽃 향기 실어서 온 세상에 날려보네

아이야 안달 말고 전처럼 살아본들
뉘라서 돌아보아 허물을 탓하겠나
어느 분 날 깨웠나요 이제라도 늦지 않네

꿈 2

지난날 허송세월 후회도 하지 말고
나도야 한번 뛰자 저 하늘 바라보고
늦었네 주춤하지마 푸른 꿈 도전하세

그림을 그려보고 시조도 읊조리고
노래랑 불러 볼래 한바탕 춤을 추자
여행도 자유롭게 해 온 세상 구경할래

사는 것 방법 있나 사랑도 해 보련다
행복한 삶을 찾아 열심히 살 거야
나이랑 묻지도 마라 지금도 청춘이다

구름

두둥실 바다 위에 누워서 구름 본다
그곳엔 우여곡절 많았던 내 모습이
사랑한 아이들 모습 내 남편 애인이

얽히고설킨 사연 아련히 잊은 이름
어디서 무얼 할까 많이도 웃었는데
꼭 한번 만나볼 수만 있었으면 좋겠네

어느새 칠순 허리 넘긴 나 하늘 보며
언젠가 한 줌 먼지 되어서 날아갈걸
그래도 잘 살았노라 살며시 웃어본다

시에 취해

주독에 빠진 술꾼 항아리 고개 박듯
온종일 시를 읊다 엉덩이 아파도
황홀한 시 향기 취해 하루해 넘어가네

시 속에 빠진 영혼 바다로 들판으로
온 천지 헤매면서 사계절 운치 속을
남 인생 느껴보면서 따뜻한 위로받네

외롭다 투정했던 지난날 바보 같아
커피잔 앞에 놓고 넘겨보는 세상 풍경
시 속에 다양한 사연 내 마음 위로하네

불로초

불로초 찾아가며 별스럽게 먹어 봐도
내 몸속 하는 일들 나라고 알 수 있나
예쁘고 건강해지길 진심으로 빌어도

거울만 보고 나면 하루가 속상하네
세상에 좋다는 것 수없이 많고 많아
골고루 먹고 발라도 가는 세월 어쩌나

진시황 얻지 못한 불로초 낸들 어찌
오늘이 내일보다 예쁘고 젊은 것을
아무리 애원해 봐도 시치미 떼는구려

외로워

외로워 글을 쓰고 그리우면 사진 보아
떠들고 싶으면 시를 읊고 노래할래
그래도 허전하다면 친구 만나 수다 떨어

모여도 외롭고 떠들어도 허전해
일할 때는 한눈팔 시간도 없었는데
제대로 일도 못 하고 설 자리 잃었네

기회를 다시 한번 달라고 떼를 써도
지금도 늦지 않아 하루라는 백지 놓고
오늘은 행복한 그림 그려보자 나를 위해

축원

등짐을 벗었으니 홀가분하련마는
뒤돌아볼수록 아쉽고 미련 남아
열심히 살아온 세월 정답은 아니었네

후회도 소용없어 떠난 기차 손 흔들기
지나온 발자욱을 지울 수도 돌릴 수도
상처 준 사랑했던 분 엎디어서 용서 빌어

떠난 뒤 흠 없기를 바라는 것 욕심일까
앞으로 남은 시간 모든 분께 축복 빌어
그분들 행복하도록 기도하며 살리라

희망

까르르 웃는 소리 온 세상 따라 웃고
아장아장 걷는 모습 귀엽기도 하구나
하늘이 보내 준 선물 원 없이 품어 안고

새싹이 피어나듯 온 동네 아기 울음
하하하 웃다 보면 집집마다 행복하고
온 나라 금수강산에 희망 꽃 가득하네

어른들 희망 속에 무럭무럭 자라나고
새아기 고운 맘을 고스란히 길러내서
미래의 대한민국 혼 찬란히 피워 내세

만시조

팔순을 지나면서 이런저런 사연들이
기억도 벅차도록 많기도 많을세라
하나도 자랑거리가 없어서 아쉬움만

수많은 사람과 부대끼며 살았건만
내 옆에 자식조차 남들처럼 낯설기만
긴 여정 힘들게 오니 종착역 보이는 듯

나누고 싶은 사연 듣는 이 하나 없어
시조만 날마다 써보고 읊어본다
너마저 몰랐다면 외로움 어찌할까

구름과 나

구름이 어디서 흘러오고 가는지
태어난 이치는 어렴풋이 알겠으나
슬픈지 행복한 건지 알 수가 없구나

너처럼 이리저리 헤매다 여기까지
바다도 산들을 넘나들며 고달팠네
슬프고 억울하기도 어설픈 여행이었지

한편의 나만의 드라마 돌려보니
소소한 추억들이 이제 보니 행복이고
자랑은 못 하더라도 축복 속에 살았구려

파도

강물이 세월 흘러 바다에 왔네요
갖가지 오물과 뒤섞여 살다가
널따란 바다에 오니 물방울은 존재 없어

조용히 침묵하다 포효하는 바닷소리
되돌아갈 수도 부대끼며 숨죽이네
그래도 종착역이라 거부할 수 없구나

진작에 사는 이치 알았다면 지금보다
알차고 보람 있고 행복하지 않았을까
지금도 늦지 않았네 최선을 다해 보세

행복한 친구

나이를 묻지 말자 칠순 짜리 어린이들
애인이 친구보다 더 좋을까 격한 포옹
목소리로만 살 수 없어 빙글빙글 도는 우리

푸짐한 잔칫상은 아니어도 서로서로
능숙한 솜씨들로 어느새 맛난 음식
지난날 오는 세월도 묶어놓고 웃어보자

아쉬운 이별이라 떨어지지 않는 발길
풍선에 담아볼까 행복한 웃음소리
한 달 뒤 다시 만나자 아쉬워라 헤어짐이

친구야 I

미안타 친구야 밤낮으로 불러대서
세상에 많고 많은 사람 중에 그대 만나
힘들던 세상살이를 치마폭에 쏟아도

힘든 손 마주 잡아 서러움 함께 푸네
진작에 만났다면 조금은 지혜롭게
기대어 위로받으며 희망으로 살았을까

아직은 인생살이 포기하기 이를 진데
서로가 힘이 되어 알콩달콩 살아보세
서로가 부축하면서 한날한시 도장 찍세

친구야 2

우리가 우연히 만난 지도 반평생
그간에 살아가기 너무도 힘들었지
자네가 어찌 사는지 묻지 못해 미안하네

내 가족 내 형제들 그 이상 소중한 벗
나 홀로 남게 되니 자네가 기둥일세
앞으로 남은 세월을 의지하며 살아가세

몸속을 녹이면서 애타게 우는 매미
우리가 그런 신세 면할 수 없다 해도
둘이서 마음 맞추며 손잡고 함께 가세

절친아

열여섯 이팔청춘 사랑했던 친구야
우리는 친구보다 연인이 어울릴걸
언제고 혼자 남으면 꼭 한번 같이 살자

중매를 잘못 서고 평생을 원망 듣던
때로는 분풀이 얼래고 달래면서
친구가 너무 좋아서 내 식구 만들었지

눈 한번 깜박여도 서로의 마음 알고
온 세상 바꾸어도 너의 사랑 못 잊어
성급히 먼저 떠난 너 약속도 잊었구나

동창

열두 명 동기 동창 두 쪽으로 나뉘어서
한쪽은 한국에서 다른 쪽은 미국으로
그리움 내게 남기고 어찌 사나 소식 없네

한동안 바람결에 소식만 드문드문
고된 삶 잦은 이사 실낱같은 소식마저
온 세상 꽃씨 날리듯 사방으로 흩어져서

몇몇은 낙엽 지듯 세상을 떠났지만
이민 길 고생했던 친구들 성공 소식
꼭 한번 만나자는 말 귀에 쟁쟁 맴도네

우정

폭풍 속 헤매었나 몸 마음 지쳐서
갈 길이 바쁘다고 문 앞에서 서성이네
모든 것 포기하면서 지난날 회상하니

제대로 살지 못해 오점만 쌓였구나
여보게 친구들아 날 한번 불러주게
그대들 나를 잊었나 정말로 보고 싶어

철없이 뛰던 때가 엊그제 눈에 선해
그때가 인생에 꽃이었나 행복했지
자네도 잘살았을까 꼭 한번 보고 싶네

넋두리

디지털 아날로그 중간에 서성이며
흉내도 도전하기 능력 안 돼 주춤거려
갈 수도 멈출 수 없어 다급해진 마음이네

오가도 못하고 밤잠마저 설친다
늘 바쁜 아이들 불러대기 난처하고
전같이 잘 사는 줄 알고 신경조차 안 쓴다

미련이 따로 없고 주책이 바로 날세
앞뒤를 둘러봐도 기댈 사람 어디 있나
얼마나 살아야 될까 답답한 세상살이

어찌 살았을까

긴 세월 어떻게 살았을까 안쓰러워
남 보기 그럴싸해 언제나 빈 깡통을
쪼이고 들볶여 가며 서럽게 살아왔네

빈 마음 빈 주머니 채울 길 없어도
치마폭 칭얼대는 어린 것들 위하여
들짐승 울부짖듯이 이리저리 헤매었지

세월 지나 여기까지 어느새 밀려 왔나
하늘과 땅 앞에서 부끄럽지 않도록
지우개 한 트럭으로 지워보면 잊혀질까

울고 싶다

산으로 가서 울까 바다로 가서 울어
아무도 없는 곳에 나 홀로 주저앉아
목 놓아 가슴을 치며 울어보자 시원하게

태어난 존재부터 시작해 지금까지
한평생 살아오며 겪어온 모든 것을
수없이 맺은 관계들 아픈 사연 서러워

참았던 울분들을 태연하고 무심한 척
위선을 떨었었던 모습이 가증스러워
한번은 펑펑 소리쳐 울고 싶어 원 없이

외로움

젊어서 살기 위해 정신없던 시절은
외로움 그리움도 내 것은 아니었지
노을은 산 넘어가고 갈나무 쓸쓸하네

날 위해 할 일 없고 가족한테 부담되어
친구랑 하하 호호 웃어도 돌아서면
일없이 서러운 마음 뉘라고 위로할까

세월이 짧다 해도 이만큼 살았으니
아쉬움 없는 생애 졸업도 좋으련만
시절이 하도 좋아져 긴 생애 가늠 없네

아쉬움 |

친구들 놀다간 후 혼자서 생각하니
무엇이 즐거워서 깔깔대고 웃었을까
지나간 옛이야기로 너도나도 웃어 댄다

모두가 즐거워서 아기같이 까르르
뜻 없고 이유 없어 웃는 대회 연 것처럼
웃다가 배 아프고 눈물까지 나왔네

돌아간 빈자리엔 이전보다 더 허전해
웃다가 흘린 눈물보다 진한 아쉬움
이토록 정다운 벗들 자주자주 보고 싶네

아쉬움 2

아직도 내 마음은 여리고 풋풋한데
세월은 어느결에 바람처럼 흘러서
님들이 떠난 길목에 서성이며 흔들리네

시험을 훔쳐보듯 인생을 알았다면
조금은 지금보다 보람되게 엮을 수가
최선을 다했노라고 살았어도 볼품없어

재생이 없는 인생 거듭되는 자책 속에
오늘도 욕심부려 부끄럼만 쌓여간다
황혼을 바라보는 삶 후회 없이 살고 싶네

지우개

상처를 지우고 훌훌 불고 날리니
아무것 아닌 것을 마음속 깊은 곳에
묻고서 가슴앓이를 애달프고 어리석네

아무리 훌륭하게 산다고 거들대도
한평생 살다가 시한이 끝나가면
자연의 한점으로도 보이지 않을 텐데

한 생애 고맙게 즐겼으면 감사하며
겸손한 마음으로 모두를 감싸 안고
지난날 허물과 욕심 하나씩 지워보세

빈손

지나니 고맙고 잊혀지니 다행이네
도전하니 힘이 나고 희망 있어 행복하다
몇 바퀴 돌고 돌아서 오늘까지 내가 왔네

이룬 것 하나 없어 허망하고 아쉽지만
한 치 앞 험한 세상 나뿐만은 아니어라
나올 때 빈손으로 와 갈 때도 빈손이니

억울한 생각 말고 각기 다른 인생을
색다른 연극들을 즐겁게 바라보며
남은 생 여행하듯이 행복하게 살아보세

울지 않으리

울지는 않으리라 몇 번을 다짐했지
가슴이 왜 아리고 눈물이 흐르는지
순간이 행복하면 됐지 그렇게 달랬건만

무엇이 서러운지 속없이 눈물 나네
아직도 남은 세월 무엇을 할 것인가
앞뒤를 둘러보아도 아무도 없는데

어쩌랴 철없이 보채대는 열정을
이쯤 해 부질없는 삶 접어도 좋으련만
자존도 없는 인생이 하루도 고달프다

울어보면

울고 나면 가슴 속에 응어리 풀어질까
세월 약 먹으면서 어쩔 수 없었지만
쌓이고 쌓인 한들을 달랠 길이 없었네

욕심을 주었으면 성공도 허락하지
내 모습 볼품없고 초라해서 한심스러
한번은 큰소리치고 울어야만 살 것 같네

산으로 바다 아니 밤하늘 찾아갈까
이루지 못한 꿈들 상처인 모든 것들
이 해를 보내기 전에 꼭 한번 울고 싶네

나를 찾아

잊었던 추억도 즐겁던 일 괴롬마저
백지에 편지 쓰며 함께 웃고 속삭여
진작에 너를 찾아 속살 맞게 살았다면

후회도 원망도 이미 늦은 넋두리
앞으로 남은 인생 즐겁게 살아볼래
추억도 찾고 살뜰히 사랑하며 즐겨보자

강아지 세상

숲속에 송이처럼 모여앉은 초가집들
올망졸망 꼬맹이들 웃음소리 꿈이었나
큰 도시 어디에서도 아기들이 안 보여

거리엔 강아지들 꼬까옷을 곱게 입고
사람인 양 우쭐대며 갖은 애교 뿜어내네
어쩌다 강아지세상 겪으면서 살을까

우리가 살아왔던 세상은 전설이야
소란한 세상살이 멀미가 어질어질
순간에 한눈팔면은 낭떠러지 아찔해

제5부

통일의 노래

통일하자

구름과 바람도 자유로이 흐르고
노루와 뭇 새들도 마음대로 오고 가네
우리는 무슨 사연에 고향 산천 그리워해

총명한 지혜와 슬기로운 민족인데
아무런 대책 없이 할퀴면서 상처 입나
한 민족 한 겨레 핏줄 이제는 만나야지

남북한 힘 합하면 세계 속의 최고인데
이제도 늦지 않아 손에 손을 마주 잡자
세계 중 우리만 분단 이렇게는 살 수 없네

통일의 갈망

해방의 기쁨도 잠깐이고 타의로
반으로 갈라진 민족의 서러움
한마당 가족과 친척 뿔뿔이 헤어지고

긴 세월 칠십 년 넘도록 소식 없어
새들도 넘나들고 구름도 오가는데
어째서 부모 형제는 소식도 모르는가

자식을 가슴에 묻은 채 평생 울다
한 맺은 영혼이 자식 이름 부르며
북녘이 보이는 곳에 묻어달라 유언하네

진정 통일을 원하나요

정치고 이념이고 당분간 묶어두고
통일을 원한다면 서로 간에 왕래부터
오가며 서로의 실정 자유로이 선택하고

무역을 자유롭게 못 할 일 없지 않나
물건들 온 세계로 사고팔아 풍요롭게
가난을 벗어나 보면 마음도 여유로워

보물을 주고받아 기술력 향상하고
제각기 갖은 재주 나누고 즐겨보면
행복이 따로 있겠나 인생은 한 번이야

통일, 친구여

너와 나 같은 하늘 땅을 밟고 사는데
어찌 사나 알 길 없어 먼 산만 바라보네
한줄기 기와 혈 받아 훌륭한 한 민족을

얄궂은 운명의 올가미에 걸려 버려
남 아닌 원수처럼 헐뜯고 살고 있나
모두의 염원인 통일 마음의 벽 허물어

하나가 되길 빌던 칠십삼 년 긴긴 세월
피눈물 흘리고 떠나 버린 부모 형제
한 민족 새 나라 되어 원혼들을 위로하자

전쟁은 스톱

요즈음 아이들은 전쟁을 상상 못 해
가족과 집 잃고 풀떼죽 먹던 시절
비참한 전쟁 후유증 혹시나 알겠는가

한평생 이런저런 고생 끝에 살만한데
또다시 그런 고통 상상도 하기 싫어
사람이 망치지 않아도 자연이 서두는데

자원을 아껴 쓰면 자멸할 일 없지 않나
전쟁은 멈추고 우주가 공존할 일
서로가 협심하여서 종말을 막아보세

양주의 함성

순박한 우리 백성 금수강산 빼앗기고
재산도 이름 없이 애간장 태웠었네
깊은 골 양주라고 고난을 비켜 갈까

민족혼 말살하고 폭정 속에 시달리니
참았던 울분 토해 온 나라 함성이라
태극기 휘날리면서 죽기 살기 싸웠었네

내 나라 찾기 위해 목숨도 불사하고
온몸이 피투성이 수많은 순국선열
한마음 한 몸 되어서 우리나라 찾았구나

현충일의 노래

조국의 부름 받고 의롭게 떠난 전우
빗발친 총탄 속에 엄마 찾는 비명 소리
적진 속 돌격하는 전우 우리 아들 장하구나

태극기 이불 덮고 혼백으로 돌아와서
내 영혼 헛되지 않게 내 나라 지켜주오
오늘의 평화와 번영 전우들의 희생일세

70여 년 긴 세월 분단된 우리 조국
내 민족 하루속히 통일되길 기원하니
통일된 대한민국은 전쟁 없이 이뤄보세

겸손

꺼지는 운명을 혼신으로 살려내고
온몸을 불사르며 불철주야 나라 걱정
나라님 몰래 끼어든 불경스런 배반으로

불처럼 일어난 4월의 민주항쟁
크신 님 놀라움에 불문곡직 사죄하고
큰 업적 미련 없어라 겸손하게 떠나셨네

뭉치면 살 수 있고 흩어지면 죽는다
천년을 변치 않을 가르침을 주셨건만
갈가리 갈라진 모습 한탄하며 우실 거야

독도

독도는 우리나라 최고의 수장일세
금은보화 너보다 더 아름답고 귀할까
긴 세월 헤아릴 수도 없는 사연 침묵으로

외롭고 힘들어도 한결같은 수호신
수만 년 신께서 주신 선물 귀한 보배
그 누가 욕심부려도 영원한 우리 땅

파도가 높다 해도 아름답게 단장해서
혼자서 울지 않게 애인같이 돌보리라
영원히 우리나라를 지켜내는 일등공신

한 민족

하늘 땅 같이 밟고 정답게 살던 민족
한 자궁 빌려 가며 오손도손 살았는데
맑은 날 벼락 맞았나 한 마당이 둘이 되고

돌연히 잃어버린 부모 형제 어찌 찾나
눈물로 보낸 세월 칠십삼 년 웬 말인가
피멍을 씻지 못하고 떠나버린 영혼들

이제는 손에 손 마주 잡고 얼싸안아
그동안 못 푼 회포 서리서리 풀어내고
못다 한 사랑과 정성 원도 없이 살아보자

외로운 지킴이

캄캄한 망망 바다 바라보며 손짓하네
멀리 나간 어선도 아들딸들 여행 간 배
폭풍우 몰아쳐도 등댓불 의지하여 돌아오네

눈앞에 침몰하는 모습도 보련마는
눈물도 메마르고 껌벅껌벅 가슴만 타네
등대야 외롭고 힘들어도 우리는 자네 믿네

대한민국의 자주독립을 위해
고귀한 목숨을 바치신
순국선열의 숭고한 희생정신을
잊지 않겠습니다.

삼일절

높은 분 양반네들 당파싸움 눈멀어서
곳곳에 승냥이들 호시탐탐 미처 몰라
온 백성 먹구름으로 가슴 치며 통곡했네

가슴에 품었던 한 맺힌 원한으로
온 백성 봉기하여 삼천리 함성소리
순국의 선열들이여 당신들 뜻을 이어

이 나라 이 강산에 민족혼 살려내고
영원한 나라 위해 불철주야 몸 바쳐서
세계 속 대한민국을 굳건하게 지켜내세

여행 같은 일상

오늘도 즐겁게 여행가네 신나게
가로수 열병 속에 봄꽃들 환호받고
나 홀로 여왕님처럼 기쁜 미소 보낸다

드높고 맑은 하늘 바람까지 환호하며
새로운 하루 엮는 다정한 조연들과
하 많은 역군들 속에 풍요로운 내 인생

불어라 남풍아 북쪽 하늘 구석구석
이 기쁨 나 혼자만 누리기엔 너무 벅차
온 나라 방방곡곡에 향기라도 보내보자

낙향

어수선한 도시 생활 이런저런 사연들이
울고 웃어 하루하루 요란스레 굴러간다
누구는 견딜 수 없는 고통 속에 해 저물고

모두들 바쁘다고 좌충우돌 정신없어
이곳저곳 둘러봐도 의지할 곳 하나 없네
일찍이 묻힐 곳 찾아 산속으로 숨어들어

빈손으로 왔듯이 없는 듯이 살아봐도
오히려 자연들이 반갑게 맞이할까
시원한 바람 맞으며 산새들과 살고 싶네

인생

이 한 몸 살아온 길 힘들다 울먹여도
다른 이 산 것보다 오히려 행복인데
왜 그리 서글퍼하며 세월을 허비했나

몇 번을 죽을 고비 힘겹게 비켜 가며
오뚝이 살아나듯 행운에 감사하네
오늘도 젊은이처럼 새로운 삶 도전하자

어얼싸 좋은 세상 나 위해 살아보고
하나둘 새로운 것 즐기며 누려보자
서로들 좋은 인연으로 행복하게 살아보세

전철 안 노인석

전철 안 노인석 희로애락 표정들이
자신의 인성대로 무표정한 모습이나
살아온 삶의 모습 그림처럼 보이네

지나온 사연들이 주름마다 고여서
톡 열면 서리서리 사연 담은 걸작 소설
줄줄이 엮어지겠지 숨어있는 명작일세

힘내자 시대를 이겨낸 용사여
뜨거운 열정으로 피맺힌 삶의 용사
후손에 길잡이 선인 희망을 보여주세

물구나무 인생

한 잔 더 욕심내다 술독에 빠져서
아들딸 아내마저 모두 떠나 나 홀로
내 영혼 허허벌판에 빈 껍질로 나뒹구네

어쩌다 귀한 보물 모두 잃고 안부 몰라
목숨은 붙었으니 기더라도 살아야지
내 영혼 너무 처량해 가족이 보고 싶네

필사의 노력으로 새 세상 만났구려
여보야 살아서 지옥에 갔다 왔으니
한 번만 날 믿어주오 옛날처럼 살고 싶소

치매 언니

당당한 우리 언니 엄마처럼 강했는데
얼마나 참았길래 화산처럼 폭발했나
평생에 못다 한 말들 천둥처럼 쏟아낸다

무거운 짐을 지고 묵묵히 살았는데
언제나 다정했던 고마운 우리 언니
여자가 한을 품으면 오뉴월 서리 내려

건강한 우리 언니 언제까지 괴로울까
다정한 사람들이 모여 살며 위로하면
괴롭던 과거 잊을까 불쌍한 우리 언니

프라이버시

아기로 태어날 때 자존심을 느꼈을까
어릴 때 다친 자존 평생을 간다던데
평생을 사는 동안에 무던히도 다치더니

오로지 자존심을 지켜내려 몸부림쳐
기쁨과 즐거움 슬픔의 응어리가
속울음 울어가면서 살기 위해 버텨냈지

건강이 무너지니 최소한의 프라이버시
인간의 기본권이 속절없이 무너지네
자존이 무엇이라고 바람처럼 가리라

그대가 허기질 때

그대가 허기질 때 따뜻한 밥 한 그릇
지치고 힘 들을 때 손 한번 마주 잡고
날개를 접고 싶을 때 옆에서 지켜보리

세상에 반드시 해야 할 일 따로 없고
가다가 말지라도 나무랄 사람 없어
죽기로 각을 세우며 투쟁할 일 따로 없지

인간이 선택받아 온갖 것 다 누리니
이보다 더 큰 복 우리 말고 누구일까
하루도 귀하고 귀해 잠조차 잘 수 없네

옹고집

나 혼자 올곧은 신념으로 살고 지고
수많은 사람과 부대끼며 살다 보니
보리밥 속에 쌀밥처럼 외롭기 한이 없네

진흙을 밟고 사는 꽃들도 아름다워
하물며 서로 다른 성향으로 키재기를
하늘로 날아가면은 먼지로 흩어질걸

꼿꼿이 나를 세워 무슨 의미 있겠는가
지금쯤 아집 풀고 흐르는 물 따라서
하나의 물방울처럼 순하게 살고 싶네

치매

평생을 배우고 겪어온 사연들을
하나도 버리고 정리하지 못한 탓에
가득한 상념 넘쳐흘러 하얗게 지워졌나

흐뭇한 행복만 기억에 남은 건지
혹독한 상처만 남아서 괴롭히나
엉뚱한 세상 헤매나 소통이 어려워라

이웃과 부모 형제 애간장 태우면서
무엇이 괴롭히나 이곳저곳 헤매면서
흘러간 과거 속으로 영혼 따로 몸 따로네

비둘기 가족 I

펑펑펑 눈이 오니 곳곳에 수북한 눈
온종일 내리는 눈 비둘기 굶을 거야
안 쓰러 창문 난간에 한 움큼 잡곡을

어떻게 보았을까 우루루 비둘기가
안심한 마음으로 외출하고 돌아오니
여전히 내 창가에서 주인 올 때 기다렸나

아직도 눈이 많아 또 한 번 먹이 주니
영원히 눌러앉을 모양이네 안되지
새 식구 되고 싶으면 응가나 하지 말지

비둘기 가족 2

어쩌다 내민 온정 혹시나 어제처럼
눈 빠져 기다려도 얼굴만 보였을 뿐
창문을 열어보는 손 어데로 감추었나

얘들아 내 마음도 너만큼 안타깝다
너희들 위해서 잡곡 한 줌 아까울까
하얗게 그림 그려서 내 마음 화났지

한없이 나만 보는 너희들 심정이나
못 본채 외면하는 내 가슴 두근두근
보이지 않는 사회법 두려워 어쩌랴

밤송이 l

가시가 촘촘 박힌 밤송이 세쌍둥이
빼꼼히 열린 창 해님 달님 놀러 오고
참새랑 다람쥐들이 유혹하며 춤춘다

언니 밤 노래하고 오빠 밤 빠방빠방
막내는 재미있다 신나게 박수 치고
아롱이 밤톨 삼 남매 하루종일 즐거워

따가운 햇빛 속에 잘 자란 삼 남매가
세상을 보고 싶어 후드득 풀섶으로
사람들 구경 못하고 다람쥐가 물고가네

밤송이 2

탐스런 밤송이 속 아롱다롱 세쌍둥이
언니 밤 춤추고 노래해 두 형제 깔깔깔
빼꼼히 열린 창으로 초롱초롱 하늘 보네

잘 익은 갈색 밤들 의젓하고 우람하네
여름날 무더위 속 고통스러 울었었지
제사상 의젓하게 앉아 아이들 눈길 끄네

비둘기 모이 타령

함박눈 내리던 날 시작된 모이 타령
아침에 창문 앞에 몰려와 윙크하네
구구구 소리를 내며 모이 줘 졸라대요

모른 척 엎드리고 숨어도 여전하게
혹여나 원망할까 두려워 두 손 들고
귀한 콩 섞인 모이를 창가에 뿌려준다

한 가족 먹고는 후드득 날아가네
양심은 있는지 하루가 조용하네
공연히 선심 한번 써 식구들 늘렸네

비둘기 친구

잠자는 날 깨우나 창가로 찾아온다
구구구 부르는데 못 들은 척 외면해도
떼 지어 몰려들 와서 밥 달라고 떼쓴다

몇 번만 소리치고 화를 내면 정 뗄 텐데
얼마나 배고프면 내게 와서 졸라대나
내 아이 배고팠던 일 못 잊어서 지고 마네

이웃의 질책이 목덜미 당기는데
접었던 공양 손을 나도 몰래 뿌려보네
얼마나 배고파서 외면했던 나를 찾나

하늘의 축복

하늘도 축복하네 우리의 앞날을
나라의 정기로 한 민족 통일하고
남북한 협력하여서 선진국의 일등 국민

발톱의 아픈 상처 온몸을 괴롭히고
아픈 발 잘라내도 건강한 몸 아니어라
군력을 낭비 말고서 서로서로 보살피자

강 건너 불구경 내 발등도 뜨거우니
네 것 내 것 따지지 말고 어려움을 함께하고
남북한 하나가 되어 우리 행복 지켜내세

예술의 입문

이 그림은 내가 처음 그린 그림이다. 초등학생이 그린 그림 같지만, 처음 작품이어서 큰 의미가 있다. 또 한편으로는 내가 살고 싶은 삶이기도 했다.

6·25전쟁 때 나는 6살이었다. 충남 논산군 상월면 월오리는 아버지 고향이어서 할머니 댁으로 피난을 갔다. 월오리는 전쟁이 비껴간 듯 조용한 시골 마을이었다.

겨울논은 자운영 꽃이 온 마을을 덮은 듯 아름다웠다. 시냇가에서 물고기 잡았던 기억, 보리 서리해서 불에 그을려 먹고 입 가장자리가 까매서 어른들께 혼났던 기억, 금방 밭에 나가 어린 열무를 뜯어다가 고추장에 들기름 넣고 썩썩 비벼서 양푼째 식구들과 숟가락 넣고 떠먹던 모습은 상상만 해도 군침이 돈다. 일 끝내고 마당에 멍석 깔고 보리밥에 열무김치와 나물 몇 가지 놓고 둘러앉아 먹으면서 감자까지 곁들이면 얼마나 행복했는지 모른다.

학교에 입학했을 때는 학교에 못 갔던 어른 같은 오빠 언니

들과 같이 공부를 했다. 꼬마인 내가 귀엽다고 자꾸 건드려서 울기도 많이 했다. 학교에서는 송충이도 잡아 오라고 하고 쥐꼬리를 잘라서 가져오라고도 했다. 그뿐인가. 어느 날은 잔디씨를 뽑아서 가져간 일도 있었다.

동네 학생들이 모두 모여 학교 가는 어느 날 아침도 싱그럽다. 오디나무에 올라가 오디를 실컷 따먹고 늦어서 뛰어가면 생철 연필통이 찰랑찰랑 요란한 소리를 냈던 기억도 그립다. 행복하고 즐거웠던 월오리의 어린 시절이었다.

그렇게 평화로운 시골 생활이 내 인생을, 또 내 성격을 좌우했는지 모른다. 나는 힘들고 어려울 때마다 그때 시골 풍경을 생각하면 한결 마음이 편안해지고 행복해졌다. 고등학교 때까지 방학 때마다 내려가 한 달 동안 쉬다 오면 말소리까지 배워 오곤 해서 친구들도 같이 흉내를 내고 웃곤 했다. 나의 서정시조의 근원은 월오리 그 시절이다.

IMF 때 사업실패로 식구들이 뿔뿔이 흩어질 때도 우리 부부는 여주에 내려가서 또 한 번 시골 살림을 하게 되었다. 역시 시골은 평화로웠다. 여유가 있고 인심도 좋아서 행복하게 살았다. 나의 결혼생활 중에 가장 정답고 오손도손 신혼처럼 살았던 시절 같다. 남편과 나는 소 한 마리로 시작해서 여덟 마리까지 재미있게 불려 놓았는데 설상가상으로 소 파동이 나서 또 한 번 빈손이 되었다. 남편은 이 충격으로 병이 나 버리고 말았다. 병명은 폐암이었지만 다행히 간단하게 수술을 받고 회복되었다.

우리는 다시 서울로 올라와서 집도 다시 장만하고 무난하게 노년 생활로 접어들었다. 남편도 내 애를 먹이던 술을 끊으니 가정은 평화로워졌다. 그러나 10여 년 뒤에 남편의 폐암이 재발하여 3년 동안 힘겨운 투병 끝에 결국 하늘길 소풍을 떠났다.

나는 지금도 시골에 대한 향수가 깊다. 기회가 생기면 한번 더 살아보고 싶다.

신정자 글과 그림이 있는 시조집

나를 치유한 아이들

초판인쇄 · 2024년 10월 8일
초판발행 · 2024년 10월 15일

지은이 | 신정자
펴낸이 | 서영애
펴낸곳 | 대양미디어

04559 서울시 중구 퇴계로45길 22-6, 602호
전화 | (02)2276-0078
팩스 | (02)2267-7888

ISBN 979-11-6072-136-2 03810
값 15,000원